KB273287

해리엇 지퍼트 글

해리엇 지퍼트는 미국에서 태어나 자랐습니다. 초등학교 교사와 교육과정 개발자를 거쳐
어린이 독자를 위한 책을 쓰는 작가가 되었답니다. 저서로는 《안나의 빨간 외투》,
《졸린 개》, 《무슨 색이 될까?》 등이 있습니다.

에밀리 볼람 그림

에밀리 볼람은 영국 브라이턴 대학에서 미술을 공부한 뒤 그림책 일러스트레이터로
활동하며 많은 그림을 그렸습니다. 주요 작품으로 《무슨 색이 될까?》, 《많이! 많이!》,
《행복한 집》 등이 있습니다.

꼬마 당나귀 버찌 ❻

잠이 안 와요

1판 1쇄 2013년 12월 20일

지은이 해리엇 지퍼트   **그린이** 에밀리 볼람
펴낸이 정연금   **펴낸곳** 멘토르
책임편집 이수정   **기획** 김미숙, 강지예, 조원선, 안소영
마케팅 나길훈   **경영지원** 안정배, 우은지
등록 2004년 12월 30일 제302-2004-00081호
주소 서울시 마포구 동교동 198-5번지 신흥빌딩 3층
전화 02-706-0911   **팩스** 02-706-0913   **홈페이지** www.mentorbook.co.kr
ISBN 978-89-6305-670-8 (14840)

잠이 안 와요

해리엇 지퍼트 지음 · 에밀리 볼람 그림

목욕을 해요

캄캄한 밤이 왔어요.
이제 곧 자야 해요.

"버찌야, 목욕하자."
아빠가 말해요.

욕조에 물이 가득해요.
물이 따뜻하네요.

"버찌야, 욕조에 들어가렴." 아빠가 말해요.

"물속에 있으니 기분 좋지?"

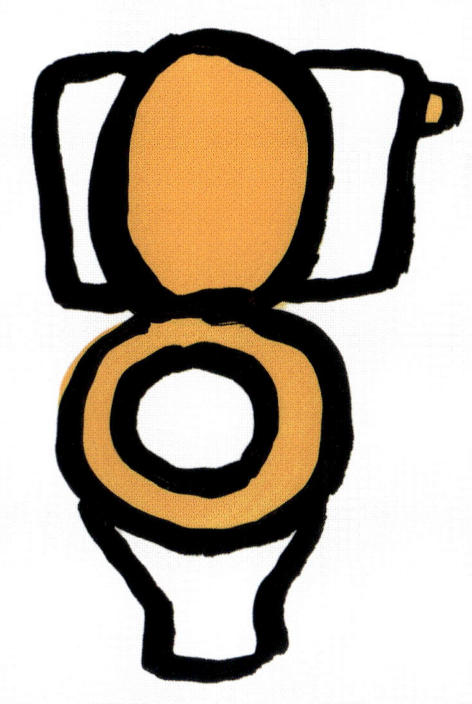

아빠가 말해요.
"버찌야, 얼굴 좀 들어 봐."

목욕이 끝나고 버찌는 물속에서 놀아요.

"버찌야, 이제 그만 장난감을 치워야지."
아빠가 말해요.

물이 빙빙 돌면서 내려가요.
꼬르륵, 꼬르륵, 꼬르륵.

"버찌야, 욕조 마개를 이리 주렴."
아빠가 말해요.

버찌는 걱정이 돼요.
어쩌면 좋죠?

배수구가 버찌도
꿀꺽 삼키면 어쩌죠?

아빠가 말해요.
"버찌야, 걱정하지 마."

"배수구는 절대 널 삼킬 수 없단다!"

안녕 잘 자!

잘 자라.
푹 자렴!
자기 싫어요.
잘 준비가
아직 안 됐어요.

잘 준비라고?
그게 뭐니?

엄마, 다른 책도
읽어 주세요.

오늘은 그만 읽자.
잘 자라.

푹 자렴.
엄마가 불 끌게.

마실 것은 안 돼.
잘 자라.

푹 자렴.
엄마가 불 끌게.

곰돌이 어디 있죠?
같이 잘래요.

곰돌이……. 좋아.
여기 있단다.

잘 자라. 푹 자렴.
엄마가 불 끌게.

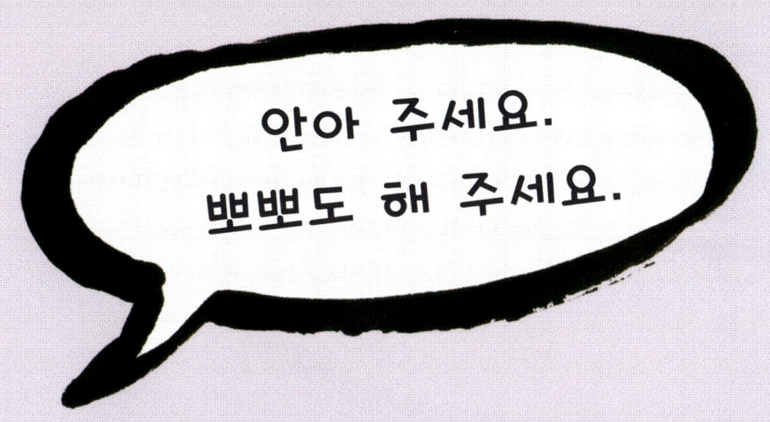

좋아,
꼬옥 안아주고.
뽀뽀도 해 줄게.

잘 자라. 푹 자렴.
엄마가 불 끌게.

너무 어두워요.
그림자가 막 움직여요.
엄마! 엄마!

왜 그러니,
아가야?

무서워요, 엄마.
불 좀 켜 주세요.

불? 좋아.
스탠드 켜 줄게.

푹 자라.
이제, 잘 자렴!

이제 안 무서워.
난 괜찮아.
버찌는 코 잘 거예요.

버찌야, 잘 자!

세이펜과 함께 읽는
꼬마 당나귀 버찌 시리즈

표지의 나레이션 아이콘과 액팅 아이콘을 누르면 각각의 스타일로 전체 듣기를 할 수 있어요.

세이펜으로 그림을 찍으면 배경음과 함께 2쪽 단위로 책을 읽어 줍니다.

세이펜으로 글자를 누르면 해당 문장을 들을 수 있어요.

꼬마 당나귀 버찌 시리즈는 한글 동화 6권, 영어 동화 6권, 총 12권으로 구성된 한영 쌍둥이책이에요.

꼬마 당나귀 버찌 시리즈 한글 동화(전 6권)

꼬마 당나귀 버찌 시리즈 영어 동화(전 6권)

영문판 구입 문의: 070-7568-2653

네이버 카페 심봉사09에 방문하면 노란우산 도서에 대한 정보와 다국어 관련 스터디를 보실 수 있습니다. http://cafe.naver.com/simbongsa09